새벽편지

정호승 시집

새벽편지

오늘의 시인 총서

24

민음사

1987년 '민음의 시'로 간행된 시집 『새벽편지』를 '오늘의 시인 총서'로 내게 되었다. 이번이 세 번째 개정판이다. 서른일곱 살 때 낸 시집을 일흔넷의 나이에 다시 내게 돼 참으로 기쁘고 감사하다.

1987년은 우리나라 현대사에 큰 아픔이 있었던 해이다. 1월엔 박종철 열사, 6월엔 이한열 열사의 슬픈 시대적 죽음이 있었다. 거리엔 '6월 민주 항쟁'의 불꽃이 타올랐고, 최루탄 가스가 명동성당 앞까지 자욱했다.

그 시대를 살던 한 사람 청년 시인으로서 나는 「새벽편지」, 「부치지 않은 편지」, 「그날의 편지」, 「폭풍」, 「꽃다발」, 「산새와 낙엽」 등의 시를 쓸 수밖에 없었다.

『새벽편지』는 고통스러웠던 시대의 모든 거룩한 죽음 앞에 바치는 시집이다. 시대의 아픔은 아물어 강물처럼 흘러가도 그 시대에 흘린 시의 눈물은 영원하다.

2024년 가을
정호승

이 시집을 박종철(朴鍾哲) 열사에게 바친다

차례

1부

새벽편지

나의 별에는
피가 묻어 있다

죄는 인간의 몫이고
용서는 하늘의 몫이므로

자유의 아름다움을
지키기 위하여

나의 별에는
피가 묻어 있다

나그네새

너 없이 내가 살고
어찌 죽으랴

사나이 집 떠나면
살아 돌아오지 않는데

철쭉꽃 피면 내가 울고
찔레꽃 지면 누가 우나

깊은 강 붉은 땅 너머
너는 어디에

다시 살아 돌아오지 않는
나그네새여

저녁 해거름 쓸쓸히
땅거미 질 때마다

너 없이 내가 살고
어찌 죽으랴

새벽편지

죽음보다 괴로운 것은
그리움이었다

사랑도 운명이라고
용기도 운명이라고

홀로 남아 있는
용기가 있어야 한다고

오늘도 내 가없은 발자국 소리는
네 창가에 머물다 돌아가고

별들도 강물 위에
몸을 던졌다

부치지 않은 편지

그대 죽어 별이 되지 않아도 좋다
푸른 강이 없어도 물은 흐르고
밤하늘은 없어도 별은 뜨나니
그대 죽어 별빛으로 빛나지 않아도 좋다
언 땅에 그대 묻고 돌아오던 날
산도 강도 뒤따라와 피울음 울었으나
그대 별의 넋이 되지 않아도 좋다
잎새에 이는 바람이 길을 멈추고
새벽이슬에 새벽하늘이 다 젖었다
우리들 인생도 찬비에 젖고
떠오르던 붉은 해도 다시 지나니
밤마다 인생을 미워하고 잠이 들었던
그대 굳이 인생을 사랑하지 않아도 좋다

부치지 않은 편지

풀잎은 쓰러져도 하늘을 보고
꽃 피기는 쉬워도 아름답긴 어려워라
시대의 새벽길 홀로 걷다가
사랑과 죽음의 자유를 만나
언 강바람 속으로 무덤도 없이
세찬 눈보라 속으로 노래도 없이
꽃잎처럼 흘러 흘러 그대 잘 가라
그대 눈물 이제 곧 강물 되리니
그대 사랑 이제 곧 노래 되리니
산을 입에 물고 나는
눈물의 작은 새여
뒤돌아보지 말고 그대 잘 가라

새벽편지

너의 죽음이 새가 된다면
네 푸른 눈빛이 새가 된다면
별들도 뜨지 않는 저 하늘
저 차디찬 거리의 새가 된다면
시대의 새벽은 멀고
푸른 하늘이 하나씩 무너져 내릴 때
네 울음소리로 가득 찬
이 세상 풀잎마다 새가 된다면
흐르던 강물도 얼고
강물 속에 떨어진 내 눈물도 얼고
이제는 모든 두려움마저 잃어
너의 분노가 새가 된다면
네 푸른 눈빛이 새가 된다면
저 침묵의 거리를 울리는
네 푸른 종소리가 새가 된다면

샛강가에서

아들아
천지에 우박이라도 내렸으면
오늘도 나는 네가 그리워
너를 보낸 샛강가에 홀로 나와
내 넋을 놓고 앉아 사무치나니
아무도 너를 미워할 수 없고
아무도 너를 묶을 수 없고
아무도 너를 죽일 수 없었으나
바람은 또다시 재를 날리고
강가의 나무들도 잎새가 진다
강물은 말없이 저 혼자 흘러
어느새 지는 짧은 겨울해
빈 들을 스치는 바람소리처럼
붉은 새 한 마리 날아와 우는
무거운 이 땅 하늘을 뚫고
아들아
천지에 우박이라도 내렸으면

꽃다발

최루탄이 나뭇잎을 흔들고 지나갔다
너의 죽음이 비로소 너를 사랑하게 만들고
너의 죽음이 비로소 우리에게 용기를 주던
6월 어느 날 바람 불던 날
하늘에는 검은 구름이 흐르고
붉은 눈물 흘리며 시위대는 흩어지고
푸른 새들의 발자국 소리가 멈춘
명동성당으로 올라가는 언덕길
여기저기 가슴 아픈 돌들이 나뒹구는 길가에
허연 최루가스를 뒤집어쓰고
홀로 울고 있는 꽃다발 하나

꽃상여

가자 가자 어서 가자
바람 속의 눈물이라

우리 죽어 가는 하늘
해는 지고 배는 고파

가자 가자 어서 가자
바람 속의 고향이라

새들은 가장 낮은
땅 위를 날고

얼음 아래 흐르던
강물도 슬피 울어

가자 가자 어서 가자
어둠의 나라에서

낮은 어둡고 밤은 깊어
산새도 길을 잃어

가자 가자 어서 가자
바람 속의 별빛이라

조화 (弔花)

그대 위해
별 한 송이 꽃을 피운다
그대 가는 망월동 길 잘 가라고
최루가스 하늘 위로 부디 잘 가라고
흘러가는 강물을 막지 말라고
그대 위해
별 한 송이 꽃을 피운다
산나리꽃 털이슬풀 흰 민들레와 함께
해는 져도 울음소리는 그치지 않고
죽어서 사는 그대 꽃다운 죽음 앞에
별 한 송이 눈물의 꽃을 피운다

여름밤

너는 죽어 별이 되고
나는 살아 밤이 되네

한 사람의 눈물을 기다리기 위하여
모든 사람들이 촛불 들고
통곡하는 밤은 깊어

강물 속에 떨어지는
별빛도 서러워라

새벽길 걸어가다 하늘을 보면
하늘은 때때로 누가 용서하는가

너는 슬픈 소나기
그리운 불빛
죽음의 마을에도 별은 흐른다

아무도 슬프지 않도록

우리 다시 만날 때까지
아무도 슬프지 않도록
그대 잠들지 말아라

마음이 착하다는 것은
모든 것을 지닌 것보다 행복하고
행복은 언제나
우리가 가장 두려워하는 곳에 있나니

차마 이 빈 속으로
그리운 이여
풀의 꽃으로 태어나
피의 꽃잎으로 잠드는 이여

우리 다시 만날 때까지
그대 잠들지 말아라
아무도 슬프지 않도록

너의 단식 앞에서

마음이 곧아야 산을 넘는다
마음이 곧아야 별이 보인다
산허리에 걸린 초승달 같은
시대의 나그네여 새벽의 아들이여
너는 어느 겨울밤의 따스한 불빛이었나
낙엽들은 다시 모여 화염병을 던지고
바람은 침묵시위를 하며 거리를 지나가고
해는 저물어도 꽃은 피지 않는데
마음이 곧아야 산을 옮긴다
어둠을 밟고 가야 별이 빛난다

산새와 낙엽

최루탄을 쏘자
낙엽들은 흩어졌다

최루탄을 쏘자
산새들은 피를 흘리며 날아갔다

어두운 골목길에 숨어 있던 바람은
군화 발자국 소리를 내며 달려오고

세상에는 한동안
눈이 내리지 않았다

나뭇잎에 햇살이 빛나는
위대한 순간에도

한 사람의 손으로
모든 사람의 눈을 가리는 밤은 깊어

최루탄을 쏘자
낙엽들은 흩어졌다

최루탄을 쏘자
산새들은 또다시 피를 흘렸다

그날의 편지

시위 군중들은 흩어지고
별들도 울고 싶은 밤이 계속되었다
눈이 내리자 길들은 없어지고
눈이 그치자
내 인생도 곧 끝나는 것 같았다
검은 하늘과 강물은 서로 말이 없고
그 누구도 산과 별을 바라볼 수 없었다
죽음 앞에서는 누구나 진실이 두려워
희망을 버리기로 약속한 시간은 계속되었다
햇빛도 없이 물도 없이
나무든 새든 그 어떤 사람이든
살아 돌아오지 않는 밤은 깊어
다시 눈이 내려도
그 누구의 인생도 시작되지 않았다
별들도 침묵하는 밤은 계속되었다

눈길

크리스마스이브 날 밤
그는 체포되었다
별들도 짐승처럼
꽃들도 짐승처럼 생각되던 밤이었다
나는 뜬눈으로 밤을 새우고
내 가슴에 흐르는 물과 피를 생각하면서
눈길을 걸었다
껌 파는 할머니 한 분이
육교 아래로 길을 건너다 눈발에 쓰러지고
나는 컵라면을 사 먹고
눈을 맞으며 담배를 피웠다
왜 흐린 불빛 아래
내린 눈들은 서서히 죽어 가는지
왜 인간에게도 물결이 있는지
왜 오늘의 괴로움은 부끄러움인지
차가운 눈발이
내 야윈 등을 자꾸 밀었다

폭풍

폭풍이 지나가기를
기다리는 일은 옳지 않다

폭풍을 두려워하며
폭풍을 바라보는 일은 더욱 옳지 않다

스스로 폭풍이 되어
머리를 풀고 하늘을 뒤흔드는
저 한 그루 나무를 보라

스스로 폭풍이 되어
폭풍 속을 나는
저 한 마리 새를 보라

은사시나뭇잎 사이로
폭풍이 휘몰아치는 밤이 깊어 갈지라도

폭풍이 지나가기를
기다리는 일은 옳지 않다

폭풍이 지나간 들녘에 핀
한 송이 꽃이 되기를
기다리는 일은 더욱 옳지 않다

겨울강에서

흔들리지 않는 갈대가 되리
겨울강 강언덕에 눈보라 몰아쳐도
눈보라에 으스스 내 몸이 쓰러져도
흔들리지 않는 갈대가 되리
새들은 날아가 돌아오지 않고
강물은 흘러가 흐느끼지 않아도
끝끝내 흔들리지 않는 갈대가 되어
쓰러지면 일어서는 갈대가 되어
청산이 소리치면 소리쳐 울리

편지

우리나라 꽃들은
꽃잎이 없다

우리나라 풀들은
풀잎이 없다

풀벌레소리 그치지 않는
봄날이 되면

우리나라 새들은
아무도 날지 못하고

우리나라 사람들은
그림자가 없다

너에게

너는 광야를 걸어가는
질경이꽃

아리랑을 부르는
광야의 바람

이 세상 끝까지
어둠이 내린 나라

얼어붙은 빛과
목숨의 고향

네가 슬프고
내가 아플 때까지

마침내
죽음이 오더라도 영원히

한 번 피면 시들지 않는
아리랑꽃

희망은 아름답다

창은 별이 빛날 때만 창이다
희망은 희망을 가질 때만 희망이다
창은 길이 보이고 바람이 불 때만 아름답다
희망은 결코 희망을 잃지 않을 때만 아름답다
나그네여, 그래도 이 절망과 어둠 속에서
창을 열고 별을 노래하는 슬픈 사람이 있다
고통은 인내를 낳고 인내는 희망을 낳지 않는데
나그네여, 그날 밤 총소리에 쫓기며 길을 잃고
죽음의 산길 타던 나그네여
바다가 있어야만 산은 아름답고
별이 빛나야만 창은 아름답다
희망은 외로움 속의 한 순례자
창은 들의 꽃
바람 부는 대로 피었다 사라지는 한 순례자

2부

첫눈

너에게는 우연이나
나에게는 숙명이다

우리가 죽기 전에 만나는 일이
이 얼마나 아름다우냐

나는 네가 흘렸던
분노의 눈물을 잊지 못하고

너는 가장 높은 나뭇가지 위에 앉아
길 떠나는 나를 내려다본다

또다시 용서해야 할 일과
증오해야 할 일을 위하여

오늘도 기도하는 새의
손등 위에 내린 너

내 마음 무덤가에

눈이 내리고
기다렸던 사람이 다녀간 뒤
내 마음 무덤가에
무슨 꽃 피나

눈이 내리고
또 기다렸던 사람이 울고 간 뒤
내 마음 무덤가에
무슨 새 우나

고향의 느티나무에 불을 지르고
산이 나에게로 오지 않으면
내가 산을 향해 가야 했던
날들은 가고

다시 눈이 내리고
모든 인간의 고향 하늘에

눈이 내릴 때

내 마음 무덤가 창밖에는
누가 슬픈 눈을 하고
나는 부르나

너에게

가을비 오는 날
나는 너의 우산이 되고 싶었다
너의 빈손을 잡고
가을비 내리는 들길을 걸으며
나는 한 송이
너의 들국화를 피우고 싶었다

오직 살아야 한다고
바람 부는 곳으로 쓰러져야
쓰러지지 않는다고
차가운 담벼락에 기대서서
홀로 울던 너의 흰 그림자

낙엽은 썩어서 너에게로 가고
사랑은 죽음보다 강하다는데
너는 지금 어느 곳
어느 사막 위를 걷고 있는가

나는 오늘도
바람 부는 들녘에 서서
사라지지 않는
너의 지평선이 되고 싶었다
사막 위에 피어난 들꽃이 되어
나는 너의 천국이 되고 싶었다

봄눈

나는 그대 등 뒤로 내리는
봄눈을 바라보지 못했네
끝없이 용서하는 것이 인생이라는
그대 텅 빈 가슴의 말을 듣지 못했네
새벽은 멀고
아직도 바람에 별들은 쓸리고
내 가슴 사이로 삭풍은 끝이 없는데
나는 그대 운명으로 난 길 앞에 흩날리는
거친 눈발을 바라보지 못했네
용서받기에는 이제 너무나 많은 날들이 지나
다시 눈이 내리고 바람이 불고
사막처럼 엎드린 그대의 인생 앞에
붉은 무덤 하나
흐린 하늘을 적시며 가네
검정고무신 신고
봄눈 내리는 눈길 위로
그대 빈 가슴 밟으며 가네

눈부처

내 그대 그리운 눈부처 되리
그대 눈동자 푸른 하늘가
잎새들 지고 산새들 잠든
그대 눈동자 들길 밖으로
내 그대 일평생 눈부처 되리
그대는 이 세상
그 누구의 곁에도 있지 못하고
오늘도 마음의 길을 걸으며 슬퍼하노니
그대 눈동자 어두운 골목
바람이 불고 저녁별 뜰 때
내 그대 일평생 눈부처 되리

기도하는 새

나는 너를 위하여
기도하는 새

개목련꽃 피고 지고
다시 또 필 때마다

별보다 깨끗하게 살고 간
너를 위하여

밤하늘 나뭇가지 위에 앉아
기도하는 새

흰 눈물 흘리며 뒤돌아보던
너를 내 가슴에 묻지 못하고

두견꽃 지던 날
너는 죽고 나는 살아

봄이 오면 산에 들에
기도하는 새

쓸쓸한 편지

오늘도 삶을 생각하기보다
죽음을 먼저 생각하게 될까 봐 두려워라

세상이 나를 버릴 때마다
세상을 버리지 않고 살아온 나는

아침햇살에 내 인생이 따뜻해질 때까지
잠시 나그네새의 집에서 잠들기로 했다

솔바람소리 그친 뒤에도 살아가노라면
사랑도 패배할 때가 있는 법이다

마른 잎새들 사이로 얼굴을 파묻고 내가 울던 날
싸리나무 사이로 어리던 너의 얼굴

이제는 비가 와도
마음이 젖지 않고

인생도 깊어지면
때때로 머물 곳도 필요하다

편지

별들이 자유로운 것은
별 속에 새들이 날기 때문이다

별들이 아름다운 것은
별 속에 찔레꽃이 피기 때문이다

너를 죽이고 싶도록 미워하며
잠든 밤에도

또다시 하루가 돌아온다는 것이
무서운 오늘 밤에도

별들이 자유로운 것은
별을 바라볼 때가
가장 자유롭기 때문이다

봄날

내 목숨을 버리지 않아도
천지에 냉이꽃은 하얗게 피었습니다

그 아무도 자기의 목숨을 버리지 않아도
천지는 개동백꽃으로 붉게 물들었습니다

이 나무에서 저 나무로
무심코 새 한 마리가 자리를 옮겨 가는 동안

우리들 인생도 어느새 날이 저물고
까치집도 비에 젖는 밤이 계속되었습니다

내 무덤가 나뭇가지 위에 앉은
새들의 새똥이 아름다운 봄날이 되면

내가 사랑하는 사람보다
내가 미워하는 사람들이 더 아름다웠습니다

새벽에 아가에게

아가야 햇살에 녹아내리는 봄눈을 보면
이 세상 어딘가에 사랑은 있는가 보다

아가야 봄하늘에 피어오르는 아지랑이를 보면
이 세상 어딘가에 눈물은 있는가 보다

길가에 홀로 핀 애기똥풀 같은
산길에 홀로 핀 산씀바귀 같은

아가야 너는 길을 가다가
한 송이 들꽃을 위로하는 사람이 되라

오늘도 어둠의 계절은 깊어
새벽하늘 별빛마저 저물었나니

오늘도 진실에 대한 확신처럼
이 세상에 아름다운 것은 아직 없나니

아가야 너는 길을 가다가
눈물을 노래하는 사람이 되라

내가 별들에게 죽음의 편지를 쓰고 잠들지라도
아가야 하늘에는 거지별 하나

섭섭새에게

올해도 섭섭하다 섭섭새야
서산 마루에 붉은 해는 지고
사람마다 마음은 거지가 되어
깊은 산 텅 빈 강을 건너가는데
올해도 섭섭하다 섭섭새야
마지막 홀로 남은 시간을 위해
너는 지금 어디로 사라지는가
너는 지금 누구와 헤어지는가
죽음에서 삶으로 갈 길은 먼데
이별 뒤엔 병들지 말아야 한다
지는 해거름 추운 바람 속에 서서
일과 사랑과 꿈과 눈물 때문에
겨울산 솔가리 밑에 앉아
홀로 흘리던 눈물 때문에
올해도 섭섭하다 섭섭새야

노랑제비꽃

가난한 사람들이 꽃으로 피는구나
폭설에 나뭇가지는 툭툭 부러지는데
거리마다 침묵의 눈발이 흩날리고
나는 인생을 미워하지 않기로 했다
차가운 벽 속에 어머니를 새기며
새벽하늘 이우는 별빛을 바라보며
나는 사랑하는 인생이 되기로 했다
희망 속에는 언제나 눈물이 있고
겨울이 길면 봄은 더욱 따뜻하리
감옥의 풀잎 위에 앉아 우는 햇살이여
인생이 우리를 사랑하지 않을지라도
창밖에는 벼랑에 핀 노랑제비꽃

가을 편지

가을에는 사막에서 온 편지를 읽어라
가을에는 창을 통하여
새가 나는 사막을 바라보라
가을에는 별들이 사막 속에 숨어 있다
가을에는 작은 등불을 들고
사막으로 걸어가 기도하라
굶주린 한 소년의 눈물을 생각하며
가을에는 홀로 사막으로 걸어가도 좋다
가을에는 산새가 낙엽의 운명을 생각하고
낙엽은 산새의 운명을 생각한다
가을에는 버릴 것을 다 버린
그런 사람이 무섭다
사막의 마지막 햇빛 속에서
오직 사랑으로 남아 있는
그런 사람이 더 무섭다

가을편지

너는 침묵할 때 간절히 기도했는가
너는 침묵할 때 진실로 사랑했는가

마음 착한 이들의 분노를 위해
그립고 푸른 하늘을 위해

너는 침묵할 때 죽음을 생각했는가
너는 침묵할 때 어머니가 그리웠는가

가을바람 불어와도 새 한 마리 날지 않는
흐르던 강물조차 흐르지 않는
이 가을 눈부신 햇빛 속에서

너는 홀로 침묵의 들꽃으로 피었는가
너는 홀로 침묵의 저어새로 울었는가

가을

하늘다람쥐 한 마리
가을 산길 위에 죽어 있다

도토리나무 열매 하나
햇살에 몸을 뒤척이며 누워 있고

가랑잎나비 한 마리
가랑잎 위에 앉아 울고 있다

아버지의 가을

아버지 홀로
발톱을 깎으신다

바람도 단풍 든
가을 저녁에

지게를 내려놓고
툇마루에 앉아

늙은 아버지 홀로
발톱을 깎으신다

산성비를 맞으며

산성비를 맞으며
모란이 핀다

오늘도 한 사람이
한 사람을 사랑하지 못하고
해가 저문다

슬픈 까마귀는 날아서
어디로 가나

살아가는 분노를
사라지지 않게 하기 위하여
드디어 사라지지 않는 분노를 위하여

산성비를 맞으며 피어나는
모란을 바라보며

사람이 집으로 돌아가
혼자 밥을 먹는 일은 쓸쓸하다

거지

눈 오는 날의 거지보다
비 오는 날의 거지가
더 불쌍하다

겨울 무논에 얼어 죽은 거지보다
보릿가을에 굶어 죽은 거지가
더 불쌍하다

새들이 날다가 떨어지고
강물이 흐르다가 그치는
개목련꽃 피는 봄날에

집 없는 거지보다
길 없는 거지가
더 불쌍하다

3부

깃발

이제는 내릴 수 없는 너의 얼굴
그토록 눈부시게 푸르른 날에
힘차게 펄럭이지 않고는 견딜 수 없는
너의 그리운 얼굴
푸른 하늘에 새로운 길을 내는
그 누구의 죽음도 두려워하지 않는
너의 영원한 얼굴
내 오늘도
너의 푸른 자유의 하늘을 바라볼 수 있다는 것은
그 얼마나 커다란 행복인가
눈물이 많은 나라에서 사랑이 많은 나라로
손에 봄을 들고 뛰어오는
네 사무치게 그립고 푸른 얼굴이여
그날이 올 때까지 영원히
이제는 그 누구의 바람에도 내릴 수 없는
너의 눈부신 자유의 얼굴

깃발

피어나리
죽음이 오더라도 영원히
새들도 날지 않는
너의 가슴을 열고
한 번 피어나면
끝끝내 시들지 않는 꽃으로

피어나리
그토록 푸른 하늘을 향해
녹두꽃과 같이 쇠별꽃과 같이
봄이 오지 않아도
이 침묵의 산맥을 타올라
자유의 들녘 위에
죽음의 바닷가에

피어나리
용서할 수 없는 자들을

용서하지 않기 위하여
너의 순결과 두려움을 위하여
하늘의 꽃으로
칼의 꽃으로

떼죽음꽃

너는 아느냐
푸른 하늘 아래
한 송이 피어난 떼죽음꽃을

너는 아느냐 우리나라에
피는 꽃보다 지는 꽃이 더 많아
눈물지는 것을

저승길에 피어난 꽃 중에서도
가장 슬픈 꽃
저승꽃보다 더 아름다운 꽃
그날의 함성과 곡성의 꽃

너희는 오늘 밤 잠들지 못한다
강물도 흐르지 않고
새들도 앉아 울
나뭇가지가 없는 밤

너희는 모두
이 꽃을 바라보라
꽃 중에서도 가장 슬픈 꽃
그 누구도 용서할 수 없는
흰 꽃

너의 무덤 앞에서

이 땅을 걸으면
오늘도 내 발목엔
너의 쇠사슬이 채워졌나 보다

이 하늘을 바라보면
오늘도 내 두 눈엔
너의 화살이 날아와 박혔나 보다

아들이 아버지를 묻어 주지 못하고
아버지가 아들을 묻어 주는 오늘 밤

싸락눈 맞으며 산새가 되어
어느 하늘 산길 가는
너를 좇으면

눈발이 날리는
산모퉁이 하늘가로

울며 떠나가는 네가 보인다

오늘의 편지

오늘도 한 혁명가를
기다리는 일은 외로운 일이다
오늘도 한 사람의 깨끗한 죽음을
생각하는 일은 외로운 일이다

날이 갈수록 어둠의 발아래 엎드려
사람들은 무덤 밖으로 기어 나와 흐느끼는데
오늘도 겨울 얼음장 밑으로 흐르는
강물소리를 듣는 일은 괴로운 일이다

벗이여, 싸락눈 한 송이 가슴을 때려도
아파하던 네가 그리워
새벽을 데리고 밤길을 달려온
언제나 기차 냄새가 나던 네가 그리워

이 밤이 다가도록
슬픈 사람의 마음을 하고 새들은 날아가는데

나무는 왜 하늘을 향해 서 있고
새벽하늘은 왜 자꾸 무너지는가

오늘도 수갑을 차고 고향으로 가는 자를
바라보는 일은 괴로운 일이다
오늘도 한밤에 홀로
아리랑을 불러 보는 일은 외로운 일이다

그날의 노래

우리의 주검 위하여 묘비명을 세우지 말라
우리의 주검에서 보리꽃이 필 때까지
우리의 주검을 위하여 통곡하지 말라
우리는 결코 죽지 않았으므로
우리가 서로 평화의 인사를 나누며
보리꽃으로 웃으며 피어날 때까지
우리의 주검을 그 차가운 땅속에 묻어 두지 말라
비가 오면 이대로 봄비에 젖게 하고
눈이 오면 이대로 흰 눈 속에 묻히게 하라
우리는 지금 가을 밤하늘을 바라보며 당당히
별과 눈물과 자유의 밤을 그리워하노니
보릿대에 묻은 그날의 핏자국을 생각하노니
우리의 주검을 위하여 묘비명을 세우지 말라
가을걷이가 끝난 빈 들판 위에
우리의 주검을 던져
날마다 푸른 새들이 날아와 쪼아 먹게 하라

주먹밥

너희는 모두 이 밥을 받아 먹으라
이는 우리들 분노와 자유의 밥이니

너희는 모두 이 밥을 받아 먹으라
이는 우리들 해방과 약속의 밥이니

너의 가슴 쓸어안고 죽은 그를 위하여
너의 이름 부르며 불타는 넋을 위하여
마침내 다가온 너의 최후를 위하여

너희는 모두 이 침묵의 밥을 받아 먹으라
이는 우리들 평화와 부활의 밥이니

넋

두견꽃 지네
빈 들에

녹두꽃 죽네
핏빛 하늘에

산새꽃 지네
용서할 수 없어라

무지개 우네
먼 산에

잠 못 이루네
불타는 넋

새

풀벌레 울음소리 그치지 않아야
이 땅에 봄은 오고
풀벌레 울음소리 전하는
바람소리 그치지 않아야
이 땅에 꽃은 피고
새들은 날아오른다
모든 인간의 길들을 거둬 올려
여기저기 무덤들이 늘어나는
봄날이 되면
보리밭 사잇길 하나 살며시 내려놓는다

또 다른 가을

올가을에는 귀뚜라미의 울음소리를 죽이지 말라
지난 여름날에도 어두운 강물을 바라보며
감자밭에 김매듯이 낡은 면수건 한 장으로 하늘을 받치고
여의도 국회의사당 푸른 잔디를 깎으신 어머니
그 누구보다도 당당히 잘 자란
쇠비름과 질경이풀들을 뽑아 던진
어머니의 밥과 눈물과 사랑을 위하여

올가을에는 광야에서 우는 한 마리 귀뚜라미의 울음소리
를 죽이지 말라
어머니는 매일 밤 수원행 전철을 타고
군포를 지나 율전을 지나
어머니가 뽑아 던진 잡초 되어 돌아와 쓰러지고
나는 허옇게 뿌리 드러낸 어머니의 잡초가 되어
흙내 나는 어머니 가슴팍에 엎드려 우나니

올가을에는 어머니의 귀뚜라미 울음소리를 죽이지 말라

처서가 지나고 찬 서리가 내리도록
누가 어머니의 야윈 가슴을 밟고 지나간다
가을 하늘을 나는 새들이
저마다 들녘에 작은 그림자를 떨어뜨리는 빈 들녘에 서서
나는 너의 이름을 부른다
가을 논길을 걸어 우리 시대의 풀을 뽑으며
사랑으로 오는 한 사람이여

사북을 떠나며

술국을 먹고
어둠 속을 털고 일어나
이제는 어디로 가야 하는 것일까
어린 두 아들의 야윈 손을 잡고
검은 산 검은 강을 건너
이 사슬의 땅 마른 풀섶을 헤치며
이제는 어디로 가야 하는 것일까
산은 갈수록 점점 낮아지고
새벽하늘은 보이지 않는데
사북을 지나고 태백을 지나
철없이 또 봄눈은 내리는구나
아들아 배고파 울던 내 아들아
병든 애비의 보상금을 가로채고
더러운 물 더러운 사랑이 흐르는 곳으로
달아난 네 에미는 돌아오지 않고
날마다 무너지는 하늘 아래
지금은 또 어느 곳

어느 산을 향해 가야 하는 것일까
오늘도 눈물바람은 그치지 않고
석탄과 자갈 사이에서 피어나던
조그만 행복의 꽃은 피어나지 않는데
또다시 불타는 산 하나 만나기 위해
빼앗긴 산 빼앗긴 사랑을 찾아
조그만 술집 희미한 등불 곁에서
새벽 술국을 먹으며 사북을 떠난다
그리운 아버지의 꿈을 위하여
오늘보다 더 낮은 땅을 위하여

다산 (茶山)

새들이 귀양 가는 하늘가
눈길을 헤쳐 하늘이 끊어진 곳
별들도 휩쓸려 가 버린
새소리조차 끊어진 곳
문득 홀로 남아
겨울밤 문풍지 울음소리를 듣는 사내
북풍은 왜 속절없이 휘몰아치고
문풍지는 왜 밤마다 흐느끼는지
찬 이슬 매 맞으며 함께 우는 사내

전태일(全泰壹)

쓰러진 짚단을 일으켜 세우고
평화시장에서 돌아온 저녁
솔가지를 꺾어 군불을 지피며
솔방울을 한 줌씩 집어던지면
아름다운 국화 송이를 이루며 타오르는 사람
가난하면 가난할수록 하늘과 가까워져
이제는 새벽이슬이 내리는 사람

사월의 노래

사월이 오면
저 산을 뽑으리라
산새도 살지 않는
사람들도 쫓겨 간
저 붉은 산을 뽑아
바다에 던지리라

개꽃이 피고
개꽃잎이 흩어져도
저 붉은 산을 뽑아
바다에 던지고
자유의 무덤 앞을
떠나가리라

수유리에서

국화 한 송이
그대 무덤 앞에 놓고 간다

양심의 꽃이 되라고
자유의 꽃이 되라고
가슴에 꽃 한 송이 품고 자라고

황톳길 따라 쓸쓸히 흩어져 간
멧새의 길을 따라

그대 무덤 앞에 놓인
나를 두고 간다

언제 다시 올지 모를
혁명의 길을
도봉을 바라보며 쓸쓸히 간다

어느 어머니의 편지

주열아 내 아들아
지금 살아 있으면 마흔이 되었을
보고 싶은 내 아들 주열아
내 나이 딱 마흔 한창일 때 너를 잃은 뒤
봄이 가고 또 봄이 가고
지금은 경기도 시흥 땅 과천
세상 모르는 주공아파트 차가운 벽 속에 갇혀
박대통령 죽던 해에 뇌졸중으로 쓰러진
네 형 광열이의 요강을 들고
올해도 찾아오는 봄을 맞이했구나
네 눈에 박힌 최루탄은
아직도 이 늙은 에미 가슴속에 박혀 있는데
네가 사는 하늘가 민주의 나라
네가 사는 바닷가 평화의 나라에는
민주꽃이 피느냐, 상여꽃이 피느냐
이제사 진달래꽃 피면 무엇하느냐고
이 땅의 젊은 사내 울어 쌓더니

올봄에도 과천 땅에 진달래는 피는구나
주열아, 보고 싶은 내 새끼야
아들 잃고 영감 잃고 살림마저 망해 버린
에민 이제 4월의 어머니가 아니야
너는 민주의 꽃, 4월의 눈물
에미는 먼 산 아지랑이만 바라보며
4·19 때 배운 담배만 피워 문다
아이고, 마산 시민들 다 들어 보소
우리 주열이 우리 아들
온달 같은 내 새끼 반달 같은 내 새끼
좀 찾아 주소 제발 좀 찾아 주소
실성하듯 울부짖던 그날이 올 때마다
팔령재 너머 남원 땅 우비산 기슭
4월의 언 땅 위에 너를 묻은 뒤
네 무덤가에 쭈그리고 앉아 찍은
빛바랜 사진 한 장 들여다보면
이제는 에미의 눈물도 말랐구나

마산시장 저놈 죽이고 나 죽을라요
부둣가 다리 밑 나무숲 골목마다
마산 앞바다 물이라도 다 퍼 올려
너를 찾아 헤매던 그날 그때
에미는 평생 흘릴 눈물을 다 흘렸구나
그래, 주열아 내 새끼야
합포만 바다 속이 그 얼마나 추웠느냐
최루탄 박혀 울던 네 맑은 눈동자
이제는 아프지 않단 말이냐
밤 소나기 쏟아지던 4월의 밤
마산에서 남원으로 관도 없이 맨몸으로
팔령재 넘으면서 울지는 않았느냐
너를 실은 지프차가 동네 밖을 돌아갈 때
마지막 가는 네 얼굴 한 번 보지 못하고
바다에서 건져 올린 네 운동화짝만 끌어안고
에미는 울고 또 울었구나
지금도 날 부르는 네 목소리 들리는데

네 사진 가슴에 안고 울며 가던 학생들
네 관에 꽃다발 놓아 주던 그 남원여고생
이제는 널 만난 듯 보고 싶구나
올해도 수유리에 백목련은 피는데
아들아 주열아 내 새끼야
서러운 네 무덤가에도 봄은 오느냐
4월의 푸른 땅 푸른 하늘 위로
혁명처럼 봄은 또 오고 있느냐

가을에 당신에게

낙엽 하나 떨어지면
온 세상에 가을이 오듯
목숨 하나 떨구고
온 세상에 사랑이 오게 하는
그를 따라 사는 자는 행복하여라

그 나라를 아름답게 하기 위하여
이 세상을 아름답게 하는
올바르게 사는 일을 가르치기 위하여
올바르게 죽는 일을 가르치는
그를 따라 사는 자는 행복하여라

밤마다 둥근잎느티나무 아래 앉아
별들의 종소리를 들으며
눈물이 강물이 되도록 기도하는
사랑의 계절을 이 땅에 오게 하는
그를 따라 사는 일은 아름다워라

눈부시게 밝은 햇살 아래
언제나 눈물 너머로 보이는 이여
끝끝내 인간의 사막을 걸어간
걸어서 하늘까지 다다른 이여
그를 따라 사는 자의 아름다움이여

가을의 유형지에서

하늘을 우러러 이 가을에
너는 기도할 두 손을 잃었으나
나는 기도할 마음을 잃었구나
너는 별을 바라볼 두 눈을 잃었으나
나는 별을 바라볼 가슴을 잃었구나

하늘을 우러러 이 가을에
너는 나를 용서할 말과 혀를 잃었으나
나는 너를 용서할 기도를 잃었구나
너는 다시 흘릴 수 없는 눈물을 잃었으나
나는 다시 터뜨릴 수 없는 통곡을 잃었구나

가을 하늘을 나는 푸른 새여 바람이여
너는 들길을 걸어갈 두 발을 잃었으나
나는 마음 상한 짐승이 되어
슬프고 가난한 짐승의 마음이 되어
한 송이 들꽃을 향해 머릴 숙일

사랑을 잃었구나

작은 기도

너와 나 죽을 때에
마른 잎새처럼

너와 나 죽을 때에
작은 산새처럼

너와 나 죽을 때에
불타는 깃발처럼

너와 나 죽을 때에
싸락눈처럼

작은 기도

주여 저에게도 산을 주소서
평야로부터 언제나 벗어날 수 있도록
저에게도 분노와 용서의 산을 주소서
오늘도 이 땅에 살기 위하여
사막의 눈물과 바람 속에 서서 잠드나니
저에게도 인내와 감사의 산을 주소서
사랑은 무덤 앞에 기울고
흔들리지 않는 인간의 갈대는 흔들리는데
모든 가난을 아름답게
모든 이별을 아름답게 하시고
오늘도 저로 하여금 무일푼이 되게 하소서
평화가 눈 내린 산길을 밟고 온 발자국 하나
저의 창가에 고요히 머무르게 하소서

작은 기도

누구나 사랑 때문에
스스로 가난한 자가 되게 하소서
누구나 그리운 사립문을 열고
어머니의 이름을 부르게 하소서
하늘의 별과 바람과
땅의 사랑과 자유를 노래하고
말할 때와 침묵할 때와
그 침묵의 눈물을 생각하면서
우리의 작은 빈손 위에
푸른 햇살이 내려와 앉게 하소서
가난한 자마다 은방울꽃으로 피어나
우리나라 온 들녘을 덮게 하시고
진실을 은폐하는 일보다
더 큰 죄를 짓지 않게 하소서

작은 기도

올봄에는
인간의 풀 한 포기 돋게 하소서
언제나 푸른 얼굴로 바람과 싸우다가
사랑의 힘으로 고요히 잠드는
인간의 나무 한 그루 자라게 하소서
하늘과 땅 사이에서
그늘과 먼지와 햇빛 사이에서
돈에 대하여 일에 대하여 또 죽음에 대하여
누구나 잠시 쉬어 가며 이야기할 수 있는
인간의 나무 한 그루 꽃피게 하소서
보리밭 너머 저 죽음의 마을 너머
땅의 사랑을 하늘에서 만나는
인간의 새 한 마리 날게 하소서

꽃뫼의 들녘 길에서

정채봉(동화작가)

1

수원행 전철의 막차 안에서 하반신만으로 정호승을 알아본 적이 있다. 그 전철은 초여름의 밤바람을 들이고자 창문을 열어 두고 있었는데 나는 신문을 보고 있던 눈을 들어 무심히 앞 유리에로 시선을 옮기다 말고 보았다. 하얀 남방셔츠에 검정 바지를 입은 크지 않은 몸매, 그리고 개울가의 돌멩이처럼 다부진 정호승의 주먹하며.

전철의 유리 창문이 반쯤 내려져 있었으므로 거기에 투영되지 못한 상반신은 공간으로 대체되어 있었다. 그는 책을 보느라고 두 사람 건너에 있는 나를 감지하지 못하였던 것 같았다. 그러나 나는 내가 그의 곁에 있음을 알리지 않았다. 함께 있는 것만으로 행복하다는 사랑하는 사람끼리의 감도처럼 정호승을 그냥 보고 있는 것으로 충분히 넉넉할 수 있었다.

그런데 차가 달릴수록 나는 묘한 환상에 빠졌다. 창밖의 풍경, 그러니까 정호승의 상반신으로 흘러가고 있는 영등포와 구로공단, 뚝방 마을의 먼 불빛, 어둠 속의 산과 어둠 속의 들, 막차에서 내리는 승객들의 구부정한 허리, 그리고 부나비들이 날고 있는 수은등 등이 정호승 시의 삽화처럼 비쳤던 것이다.

아니, 그것은 시인 정호승의 지난 여정을 나타내고 있는 것인지도 모른다고 생각했다.

그의 살 속을 비집고 들여다보면 능금마을의 황토 같은 입자들이, 그리고 외가인 고도(古都) 경주의 돌 속에 새겨 넣은 미소 같은 입자들이 이루고 있는 맑은 피를 볼 수 있을 것이다. 초기의 「첨성대」를 비롯한 일련의 작품들이 자생하게 되었던 것은 바로 이런 배경에 기인한다고 나는 믿는다.

그러나 그가 유년의 꿈에서 깨어났을 때 이 땅의 한 소가정이 흔히 지닐 수 있는 단면, 곧 고향을 떠날 수밖에 없었던 가난의 고통이 청소년기의 정호승에게 뚝방 마을의 먼 불빛 삽화를 형성한 것이 아니었을까.

저 도회지의 변두리에서, 어두운 산야에서, 막차에서 만나게 되는 별들처럼.

그러나 정호승의 별은 먼 하늘에서 가련히 빛나고 있는 부초 같은 별, 꿈으로 시작하여 꿈으로 그치고 마는 막차 같은 희미한 불빛이 아니다.

그의 「새벽편지」에서 보는 것과 같은 피가 묻어 있는 별이다. 나는 그 피가 묻어 있는 정호승의 소량의 별(시)을 안다고

할 수 있다. 적어도 수원에서 함께 산 동안의 것들은.

2

저 어둡고도 어두운 1980년대의 초반을 정호승과 나는
수원의 변방에서 살았었다.

그가 산 동네 이름은 밤밭이었고, 내가 산 동네 이름은 꽃
뫼였다. 사전에 한마디의 상의도 없던 정호승이 이사를 왔노
라고 불쑥 연락을 주었을 때 나는 한편 반가웠고 한편 궁금
했다.

서울에서 그의 등을 떠밀어 보낸 것은 무엇이었을까. 그
막연한 바람을 알아보기 위해 나는 그의 집까지의 오리 길을
철로 변을 따라 걸었었다.

논에는 벼꽃이 피고 있었고 밭에는 콩꽃이 그리고 깨꽃이
한창이었다. 깨꽃의 뒤꽁무니를 빨면서 그의 집에 이르러 보
니 노모가 집을 지키고 있었다.

"애가 대학도서관에 갔심더. 도시락까지 가지고 갔으니 내
가 불러 오지예."

나는 순간 정호승이 서울의 어떤 바람에 떠밀려 온 것은
결코 아니라는 것을 직감했다. 그는 꽤나 오랜 기간을 침묵
하고 있었는데, 이제 허심(虛心)이 된 그가 충전을 하러 온 것
이라고 생각했다.

그날, 정호승과 나는 천천히 솔밭길을 걸었었다. 산새들을

날리며 풀 위에 앉아서 우리는 문학보다도 우리들의 일상에 대해 더 많이 이야기하였다.

그러다가 정호승은 노을을 등에 지고 돌아오는 노무자들을 보면서 깊은 침묵 속으로 빠져 들어갔는데, 이 시집에 나오는 「주먹밥」, 「섭섭새에게」, 「가을편지」 등이 그때의 분위기를 돌아보게 하는 시들이 아닌가 싶다.

후일 나는 "푸른 새들의 발자국 소리가 멈춘/ 명동성당으로 올라가는 언덕길"에서 "너의 쇠사슬이 채"워진 발목과 "너의 화살이 날아와 박"힌 두 눈의 정호승을 나뒹굴고 있는 그 거리의 "꽃다발"과 함께 본 적이 있다.

하늘 쪽을 향하여 고개를 돌리고 있는 그의 뺨에도 눈물이 흐르고 있었는데, 나는 그때 정호승의 눈에서는 시가 흘러 나오고 있다고 생각했었다.

외모만으로 보기에 정호승은 연약한 공자(公子)처럼 보이지만 이렇듯 그의 내부에는 수천 갈기의 파도 결이 숨어 있는 것이다.

언젠가 김요섭 시인께서 이런 말을 들려 주신 적이 있다.

"박남수 씨가 신춘문예 최종심에서 번번이 망설였다는 거예요. 정호승 씨의 시는 마구 밀고 올라가는데 그것이 북쪽으로 밀고 올라가는 것인지, 남쪽으로 밀어 부치는 것인지 얼른 가름이 되지 않아서 번번이 제쳐 두곤 했다는 거예요."

한마디로 정호승은 외유내강한 시인이다. 그러나 내가 보기에는 그가 완벽주의로 지향하는 것이 도리어 흠이 되기도 하는 것 같다.

지나치게 틈을 보이지 않으려는 그의 태도가 때로는 생활을 메마르게 하고 창작욕을 더러 식게 하는 일이 있을지도 모르겠기 때문이다.

　3

　나는 당당함을 사랑하는 사람 중의 한 사람이다. 문인 가운데 시인 정호승과 소설가 이균영을 좋아하는 이유도 이들의 당당함 때문이다. 정호승은 성당에서 결혼식을 마치고 신혼여행을 떠날 때 승용차 하나 준비 못 할 처지는 아니었는데도 굳이 일반 버스를 타고 역으로 향했다. 후일 결혼한 이균영도 교수 신랑인 처지에도 결혼식장을 향해 올 때 가족들을 이끌고 일반 버스로 나왔다.

　생활의 한 실례가 이렇거늘 하물며 문학에 있어서의 그 당참은 짐작하고도 남을 것이 아닌가. 작품으로 구걸하고 살기보다는 차라리 필을 꺾고 말 것이며, 정신의 매춘으로 부를 누리기보다는 눈 부릅뜨고 얼어 죽기를 바랄 것이다.

　내가 지적하지 않더라도 「겨울강에서」를 비롯한 일련의 작품들을 읽어 본 독자들은 벌써 유추하고도 남을 것이다.

　"흔들리지 않는 갈대"가 되기 위하여 "눈보라에 으스스 내 몸이 쓰러져도" 참고 기다리며 사는 사람들, 그들의 눈물이 키우는 정호승의 한 송이 꽃(시), 그 꽃의 향기를 아는 사람은 행복하다. "싸락눈 한 송이 가슴을 때려도/ 아파하"는 "내 그대 그리운 눈부처"를 알 것이므로.

그리고 더욱 가까이 대어 들었다가 정호승이 눈물로 빚은 칼(시)에 베인 사람은 더욱 행복하다. 그의 칼은 베어서 상하게 하려는 폭력이 아니라 베어서 치유하려는 사랑의 메스이므로.

정호승의 안경 너머로 실루엣처럼 떠오르는 또 하나의 삽화, 그러니까 폭우에 맞선 비닐우산과 같은 고통을 때때로 나한테 들켜 준 것에 대해 나는 그에게 고마워한다.

그의 그런 인내와 태도가 자못 침체되기 쉬운 나의 체질에 버팀목이 되어 주기 때문이다.

언젠가 회사에서 그로부터 전화가 있어서 받아 보았더니 "형의 뒷모습을 보면서 전화를 걸고 있어요. 한 시간 가까이 지켜보고 있으려니까 형은 뒷머리를 참 자주 만지네요."라면서 웃었다. 내가 돌아보니 그는 내 책상이 건너다보이는 옆 건물의 커피숍에서 장난스럽게 손을 흔들고 있었다. 어느 토요일 오후에는 쌍무지개가 떴다고 보라고도 전화를 건 그였다.

그의 아이인 후민이를 안고 첫눈을 맞으러 나갔다가 "오늘도 기도하는 새의/ 손등 위에 내린 너"라는 시귀를 얻었다며 불러 주기도 하고.

그 무렵 일요일 아침의 내 즐거움은 정호승이 성당을 가기 위해 꽃뫼의 들녘 길을 걸어오는 것을 보는 일이었다.

그와 나의 이런 그리움에 나의 이 졸필이 무디기만 하여 도리어 미안함이 더한다. 추운 길을 걸을 때 문득 불에 구운 돌처럼 따뜻함을 주는 호승을 생각하면 늘 새벽을 다시 맞는 듯하다.

1950년   경남 하동에서 태어났다. 유년기에 대구로 이사
         하여 그곳에서 성장기를 보냈다.

1968년   경희대가 주최한 전국고교문예 현상 모집에서
         「고교문예의 성찰―고교시를 중심으로」라는 평
         론이 당선되어 문예장학금을 지급하는 경희대학
         교 국어국문학과에 입학했다. 이후 동 대학원을
         졸업했다.

1972년   《한국일보》 신춘문예에 동시 「석굴암을 오르는
         영희」가 당선됐다.

1973년   《대한일보》 신춘문예에 시 「첨성대」가 당선됐다.

1976년   '반시(反詩)' 동인 활동을 시작해 동인지 『반시(反
         詩)』를 8집까지 발간했다.

1979년　시집『슬픔이 기쁨에게』(창비)를 출간했다.

1982년　《조선일보》 신춘문예에 단편소설 「위령제(慰靈祭)」가 당선됐다. 시집『서울의 예수』(민음사)를 출간했다.

1987년　시집『새벽편지』(민음사)를 출간했다.

1989년　제3회 소월시문학상을 받았다.

1990년　시집『별들은 따뜻하다』(창비)를 출간했다.

1991년　시선집『흔들리지 않는 갈대』(미래사)를 출간했다.

1997년　시집『사랑하다가 죽어버려라』(창비)를 출간했다.

1998년　시집『외로우니까 사람이다』(열림원)를 출간했다. 이후 2021년 창비에서 개정판을 냈다.

1999년　시집『눈물이 나면 기차를 타라』(창비)를 출간했다.

2000년　제12회 정지용문학상을 받았다.

2001년   제11회 편운문학상을 받았다.

2003년   시선집 『내가 사랑하는 사람』(열림원)을 출간했
          다. 이후 2021년 비채에서 개정판을 냈다.

2004년   시집 『이 짧은 시간 동안』(창비)을 출간했다.

2005년   시화집 『너를 사랑해서 미안하다』(랜덤하우스)
          를 출간했다.

2006년   산문집 『내 인생에 힘이 되어준 한마디』(비채)를
          출간했다. 제9회 가톨릭문학상을 받았다.

2007년   시집 『포옹』(창비)을 출간했다.

2008년   제23회 상화시인상을 받았다.

2009년   제4회 지리산문학상을 받았다.

2011년   시집 『밥값』(창비)을 출간했다. 제19회 공초문학
          상을 수상했다.

2013년   시집 『여행』(창비), 산문집 『내 인생에 용기가 되
          어준 한마디』(비채)를 출간했다.

2015년   시선집『수선화에게』(비채)를 출간했다.

2017년   시집『나는 희망을 거절한다』(창비)를 출간했다.

2020년   시집『당신을 찾아서』(창비), 산문집『외로워도
         외롭지 않다』(비채)를 출간했다. 제11회 김우종문
         학상을 받았다.

2022년   시집『슬픔이 택배로 왔다』(창비)를 출간했다.

2023년   대구에 '정호승문학관'이 건립되었다.

2024년   산문집『고통 없는 사랑은 없다』(비채)를 출간했
         다. 제11회 석정시문학상을 받았다. 영한시집『부
         치지 않은 편지』,『꽃이 져도 나는 너를 잊은 적
         없다』외 일본어, 스페인어, 러시아어, 중국어, 독
         일어, 조지아어, 몽골어 등의 번역 시집이 있다.

새벽 편지

1판 1쇄 펴냄 1987년 9월 30일
1판 16쇄 펴냄 1994년 8월 30일
2판 1쇄 펴냄 1997년 6월 30일
2판 3쇄 펴냄 2000년 3월 10일
3판 1쇄 펴냄 2007년 4월 20일
3판 5쇄 펴냄 2019년 7월 9일
4판 1쇄 찍음 2024년 11월 7일
4판 1쇄 펴냄 2024년 11월 14일

지은이 정호승
발행인 박근섭, 박상준
펴낸곳 (주)민음사

출판등록 1966. 5. 19. (제16-490호)
서울특별시 강남구 도산대로1길 62(신사동)
강남출판문화센터 5층 (06027)
대표전화 02-515-2000 / 팩시밀리 02-515-2007
www.minumsa.com

ISBN 978-89-374-0624-9 (04810)
      978-89-374-0600-3 (세트)

잘못 만들어진 책은 구입처에서 교환해 드립니다.